LE BAL CHAMPÊTRE

AU CINQUIÈME ÉTAGE,

TABLEAU-VAUDEVILLE EN UN ACTE.

MISE EN SCÈNE.

Régie : durée de la pièce, une heure.

PERSONNAGES, CARACTÈRES, EMPLOIS ET COSTUMES.

Rigolard. (M. Bouffé.) Caractère : gai, amoureux de son art, bon et serviable comme dans *Jean* (comique.) Costume : pantalon colant couleur canelle, noué par bas avec des rubans, bas de soie gris chinés ; en arrivant, des petites guêtres noires par dessus ; habit noir écourté ; recouvert d'un petit manteau noir tombant aux cuisses seulement ; sous l'habit, une veste à manches, en toile de coton, blanche, boutonnant jusqu'au col ; perruque blanche à nattes plates, retroussées sur la nuque ; chapeau gris. Dans toute la pièce, même pendant le bal, un bonnet grec, rouge, tricoté.

Gustave. (M. Derval.) Caractère : enjoué, inconstant, un peu fou, les manières d'un commis-marchand de nouveautés mêlées à beaucoup de prétention au bon genre (jeune premier, gai.) Costume : habit bronze, gilet chamois, pantalon noir colant ; bas de soie noirs à jours sur blancs, des guêtres noires par dessus en arrivant, des socques et un manteau à la mode ; chapeau-claque de bal ; de grands favoris ; des gants bleus brodés blanc, et une large cravatte rouge noué sur la bouche.

Etienne. (M. Armand.) Caractère : bon, confiant, un peu simple, sans niaiserie (deuxième amoureux.) Costume : première entrée, veste de chasse bleue, pantalon fantaisie, un tablier de garçon épicier, une casquette à visière ; deuxième entrée, habit tête de nègre, pantalon chamois foncé, gilet de fantaisie, bas gris bleu, chapeau ordinaire.

Adélaïde Chopin. (Mlle. Déjazet.) Caractère : décidé, gai et volontaire, comme dans *Jean* (soubrette et travestis.) Costume : robe corsage à l'enfant, en mousseline à carreaux, tablier vert en soie, écharpe verte, brodée orange ; des coques en gaze cerise dans les cheveux.

Constance. (Mlle Félicie.) Caractère : doux, sensible et raisonne (première amoureuse). Costume : robe de soie flamme de punch, ceinture de velours noir, une collerette ou fiorella en dentelle et tulle ; coiffée en cheveux, sans ornemens.

Rose. (Mme. Desprez.) (Duègne.) Costume : un déshabillé d'indienne, tablier blanc à poches, des manches vertes jusqu'aux coudes ; un bonnet rond ; un schall de mérinos frangé lors de sa première sortie.

Figurans et figurantes, élèves de la classe de Rigolard. Costumes à volonté. Négligés lors de la leçon de danse ; toilette au au retour.

DÉCORATION.

Une mansarde fermée de trois plans. Du premier plan au deuxième, à droite, une porte ; au côté opposé, une autre porte, masquée par un treillis de feuillages. Au fond, dans le milieu, une porte à deux battans, de chaque côté de laquelle est un quinquet à une branche ; des guirlandes et des festons de fleurs ornent cette porte, et un transparent se trouve au-dessus, avec ces mots : *Bal champaistre.* A droite, une table couverte de verres, de caraffes et de plateaux ; à gauche, au premier plan, un poële carré, avec ses tuyaux ; des caisses, des pots de fleurs, notamment six grands ifs, ornent cette salle. Lorsque la porte du fond est ouverte, on voit une seconde salle ornée de fleurs et de verdure, terminée par un orchestre de danse dans le fond.

ACCESSOIRES.

Pour Rigolard : première entrée, une pochette. Dans le reste de la pièce, un violon et son archet.

Pour Gustave. un parapluie à canne, il l'ouvre en arrivant pour le faire sécher. Deux lettres, qui servent ensuite pour Adélaïde et Constance.

Pour Rose : un panier pour aller au marché. Un plateau et un verre de bierre. Une grosse caisse avec sa banderolle. Un écritoire, du papier et des plumes sur la table à droite. (Extrait du *Journal des Comédiens.*)

LE

BAL CHAMPÊTRE

AU CINQUIÈME ÉTAGE,

OU

RIGOLARD CHEZ LUI,

TABLEAU-VAUDEVILLE EN UN ACTE,

PAR

M. ACHILLE GRÉGOIRE;

REPRÉSENTÉ, POUR LA PREMIÈRE FOIS,
SUR LE THÉATRE DES NOUVEAUTES,
LE 23 JANVIER 1830.

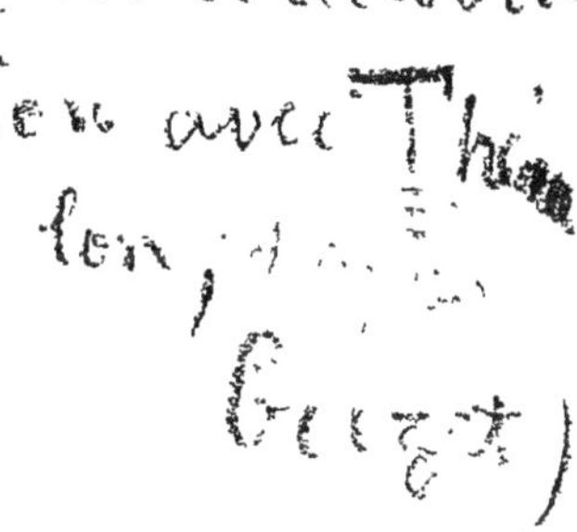

PRIX, AVEC LA LITHOGRAPHIE, 2 FR.

PARIS.

CHEZ PAUL BANÈS, ÉDITEUR,
Correspondant de Théâtres,
BOULEVARD MONTMARTRE, N° 8.

1830

PERSONNAGES.	ACTEURS.
RIGOLARD, maître de danse.	M. Bouffé.
GUSTAVE, commis-marchand, fashionable, personnage ridicule.	M. Derval.
ÉTIENNE, garçon épicier.	M. Armand.
ADÉLAIDE CHOPIN, nièce de Rigolard.	Mlle Déjazet.
CONSTANCE, pupille de Rigolard.	Mlle Félicie.
ROSE, vieille gouvernante de Rigolard.	Mme Desprez.
Élèves de danse des deux sexes.	
Ouvriers.	

La scène se passe à Paris, rue Saint-Martin, chez Rigolard.

IMPRIMERIE DE DAVID,
Boulevard Poissonnière, n. 6.

LE BAL CHAMPÊTRE

AU CINQUIÈME ÉTAGE,

TABLEAU-VAUDEVILLE EN UN ACTE.

(Le théâtre représente une mansarde. Au-dessus de la porte du fond, un transparent où on lit : *Bal champaître.* A gauche de l'acteur, un poêle, et la porte d'entrée ; à droite, une table de jardin et la porte de la chambre de Constance. De chaque côté de la porte du fond, sont trois ifs encaissés.)

SCÈNE PREMIÈRE.

ÉTIENNE ET AUTRES ÉLÈVES *s'exercent sur le devant du théâtre ; dans le fond, la porte ouverte laisse voir une salle de bal, que des* OUVRIERS *préparent et ornent de guirlandes ; vis-à-vis la porte est l'orchestre.*

OUVRIERS, *dans le fond.*

AIR : *Travaillons.* (du Maçon.)

Décorons (*bis.*)
Cette salle de danse.
Préparons
Et plaçons
Ces bosquets,
Ces quinquets.
Hâtons-nous ; (*bis.*)
Déjà l'heure s'avance,
Car ce bal,
Sans égal,
Va s'ouvrir
Au plaisir.

ÉLÈVES, *sur le devant.*

Répétons
Nos leçons
A[illegible] persévérance ;
Nos progrès
Sont parfaits
Après quinze cachets.
Quel bonheur,
Quel honneur,
Lorsque notre élégance
Fera dire partout :
Quelle grâce, quel goût!

REPRISE ENSEMBLE.

ÉTIENNE.

Dites donc, vous autres, puisque M. Rigolard ne vient pas, si nous jouions à quelque chose pour nous amuser?

PREMIÈRE DEMOISELLE.

Jouons à colin-maillard.

ÉTIENNE.

Non.... on risque de se casser le cou.

DEUXIÈME DEMOISELLE.

Eh bien!... à la queue loup-loup!

ÉTIENNE.

Ah! oui... à la queue loup-loup! Messieurs, mettez-vous tous à la queue loup-loup... derrière moi.

TOUS.

Oui, oui... à la queue loup-loup!...

(Ils se placent tous les uns derrière les autres.)

ÉTIENNE.

Tiens!... quelle bêtise! si nous nous mettons tous comme ça.... qui donc va faire la bête?

SCÈNE II.

LES MÊMES, RIGOLARD, *entrant et posant son chapeau sur une chaise.*

RIGOLARD.

Me voilà, mes enfans! me voilà.... Je vous demande pardon de vous avoir fait attendre... ça ne m'arrive pas souvent, vous le savez...Cyprien Rigolard est cité pour son exactitude.... Il est toujours en mesure, Cyprien Rigolard! mais, aujourd'hui... j'ai eu tant de courses à faire pour l'ouverture de mon bal champêtre!... Oh! mes pauvres amis, tout n'est pas roses dans ma noble profession.... que de fausses démarches il faut risquer... et souvent que de pas perdus!... mais, c'est égal, je me console avec la gloire et l'amitié.... (*Il bat un entrechat.*) Vive la gaîté française!....Procédons à notre leçon : monsieur Etienne!

ÉTIENNE.

Présent!

RIGOLARD.

Mettons-nous à la première position... tenons les bras à la hauteur de la tête... bien!... (*Aux autres.*) C'est une belle chose que la danse, mes enfans!... et, je ne saurais trop vous le répéter, ne négligez jamais cette partie si essentielle de l'éducation. Par la danse, voyez-vous, on arrive à tout... et, sans aller chercher un exemple bien loin, sans vous parler de moi, qui ai fait joliment mon chemin, je vous citerai mon neveu, Jean Durand, que vous connaissiez tous... Ce jeune homme, malgré ses excellentes dispositions....

ÉTIENNE, *toujours en position.*

Quand vous voudrez, monsieur Rigolard? C'est fatigant en diable la première position.

RIGOLARD.

Reste, reste, mon garçon... il faut te briser.

ÉTIENNE.

Briser... c'est le mot... ça me disloque toutes les membres.

RIGOLARD.

Ne bouge pas... je t'observe! (*Aux autres.*) Jean Durand, dis-je, mes enfans.... malgré ses excellentes dispositions, avait long-temps refusé de les mettre à profit... il sacrifiait tout à ses plaisirs, toujours au café, au spectacle.... au billard... il ne mettait presque jamais le pied dans mon école... Eulalie! (*Elle approche.*) A la première position... et les bras à la hauteur de la tête.

ÉTIENNE.

Mais, monsieur Rigolard....

RIGOLARD.

Immobiles, mes enfans!... comme des conscrits. Pour en revenir à Jean, il mena, jusqu'à vingt ans, une vie que j'appellerai misérable... mais il ouvrit enfin les yeux à la lumière, il apprit à danser... et vous savez quelles furent pour lui les conséquences de ce changement de conduite... mariage honorable... maison de ville et de campagne... femme charmante et cabriolet. (*A Germain.*) Monsieur Germain... à la première position... comme monsieur Etienne!

(L'élève obéit.)

ÉTIENNE, *fatigué.*

Monsieur Rigolard!...

RIGOLARD.

Va toujours!... va toujours!

ÉTIENNE.

Et dire que ça coûte cinq sous le cachet, cette position-là...

RIGOLARD.

Marion... Justin... Finette... la même position... (*Ils se placent tous.*) Bien, mes enfans! bien, cela!... et maintenant... attention tout le monde.... levez les pieds en même temps, et restez en l'air... rien de plus facile...

ÉTIENNE.

Lever les deux pieds en même temps, et rester en l'air... c'est facile...

RIGOLARD.

Je vous demande, mes enfans, si j'ai dit cette bêtise-là, comme lui?

TOUS.

Non!...

ETIENNE.

C'est que vous l'avez tournée autrement....

RIGOLARD.

Je le répète, levez tous le pied en même temps.. et restez en l'air. Sur le second temps... attention!... une, deux... partez.

(Il joue de la pochette, et tous, levant le pied en même temps, se donnent mutuellement des coups.)

TOUS.

Oh! là, là...

RIGOLARD.

Recommençons ça.

ÉTIENNE.

Comment recommencer...je suis sûr que j'ai la jambe écorchée...

RIGOLARD.

Eh! oui... recommençons... allons, écartons-nous les uns des autres... (*Il joue de la pochette, et les élèves exécutent un si-sol.*) Bien, très-bien, mes enfans! je suis content de ça... allez toujours... encore, encore.

(Il joue toujours.)

ÉTIENNE, *harassé, tombe sur la banquette.*

Ouf, oh! en voilà assez... pour un dimanche... et puis, nous avons un bal tantôt... il faut ménager nos jarrets.

RIGOLARD.

Il a ma foi raison, il faut ménager nos jarrets... Eh bien! mes enfans, à ce soir... J'espère que vous nous ferez honneur en montrant vos talens aux étrangers qui doivent nous honorer de leur présence... et surtout n'oubliez pas que l'art de la danse n'est, à proprement parler, que l'art de marcher à la fortune.

ÉTIENNE.

Vous voulez dire... de sauter à la fortune?

RIGOLARD.

Marcher... sauter... voler, si tu veux, mon garçon... Nous ne sommes pas ici pour disputer sur les termes. Allons, enfans... partez...

Air : *On m'appelle.*

Flic, flac, (*bis.*)
Vive la cadence!
Depuis le Pérou
Jusqu'à Moscou
Partout on danse.
Flic, flac, (*bis.*)
Vive la cadence!
Le monde est un bal
Où chacun danse
Bien ou mal.
Au bruit des tamtams sauvages,
Chez nous on vit autrefois
Danser des princes osages,
Valser un prince iroquois!
Flic, flac, etc.

(Les élèves sortent.)

SCÈNE III.

RIGOLARD, ÉTIENNE.

Eh bien!... tu ne les suis pas, Étienne... toi qui avais l'air si pressé?

ÉTIENNE.

Pardon, monsieur Rigolard... c'est que j'ai deux choses à vous demander en particulier.

RIGOLARD.

Voyons... la première?...

ÉTIENNE.

Je voudrais savoir... si je suis assez fort pour risquer la contredanse?

RIGOLARD.

Mais, oui, mon garçon; tu le peux... Tu es d'une jolie force à présent... Je ne te dirai pas que tu danses comme Mlle. Taglioni... Vous n'avez pas le même genre; mais, en t'observant bien, tu peux te lancer... Et la seconde chose que tu as à me dire?.. je suis pressé.

ÉTIENNE.

Pardon, excuse, monsieur Rigolard, si je vous demande ça... mais je voudrais savoir si mademoiselle Adélaïde Chopin, votre nièce, viendra au bal ce soir?

RIGOLARD.

Je voudrais bien voir qu'elle y manquât; elle sait trop qu'elle est l'âme...Que dis-je l'âme...la Therpsicore de mon bal champêtre... C'est elle qui met tout le monde en train.

ÉTIENNE.

Oh ! pour ce qui est de ça, je m'en suis bien aperçu.

RIGOLARD.

Ah ! ah ! monsieur Etienne, est-ce que par hasard vous auriez des projets sur ma nièce Adélaïde?... prenez garde à vous, je vous en avertis... Je ne ne plaisante pas avec les choses sérieuses.

ÉTIENNE.

Ni moi, monsieur Rigolard.

RIGOLARD.

Et vous faites bien, monsieur; car, sur ce point, voyez-vous... (*Il fait un ployé.*) Rigolard ne ployera jamais.

ÉTIENNE.

Adieu, monsieur Rigolard.

RIGOLARD.

A ce soir, mon garçon!... et surtout tâche d'avoir un peu d'oreille.

ÉTIENNE.

Oh!.. ce n'est pas ce qui me manque; mais je me soignerai, car j'ai des intentions. (*Il sort en faisant un flic-flac.*)

(Il sort en faisant un flic-flac.)

SCÈNE IV.

RIGOLARD, *seul.*

Je les connais tes intentions, mon pauvre bonhomme... ce n'est pas moi qu'on peut espérer de tromper... et tu fais les yeux doux à ma nièce, à cette superbe Adélaïde, que mon filleul a si cruellement délaissée... Cette pauvre enfant va faire une jolie chute, de mon filleul Jean Durand à ce courtaud de boutique; mais comme elle dit fort bien.. elle le formera.. et puis c'est un mari, et c'est quelque chose pour une demoiselle bien née!

SCÈNE V.

RIGOLARD, ROSE, *avec un panier de marché.*

ROSE, *à la cantonnade.*

Taisez-vous, mam'zelle, taisez-vous; vous êtes une coquette!..

RIGOLARD.

Allons, Rose! te voilà déjà à crier contre Constance?

ROSE.

Ça vous étonne ?

RIGOLARD.

Non, car c'est tous les jours la même chose.... Relève la tête, ma pauvre Rose, et fais-moi le plaisir d'arrondir un peu ton bras... tu n'as pas plus l'air de servir un maître de danse... on dirait plutôt que tu sers un maçon ou un charpentier.

ROSE.

Il y a pourtant trente ans pour mes péchés que je vous sers.

RIGOLARD.

Pour tes péchés !... Ah ! Rose, Rose, tu ne dis pas ce que tu penses... Détache un peu tes coudes de ton corps.

ROSE.

Eh ! laissez-moi tranquille... qu'est-ce que ça me fait ?

RIGOLARD.

Mais ça me fait beaucoup, à moi !.. Tu disais donc...

ROSE.

Je disais que mam'zelle Constance est une coquette, qui ne pense qu'à sa parure, qui n'a pas d'ordre, pas d'économie, et qui oublie qu'elle doit tout à votre générosité.

RIGOLARD.

Tant mieux, morbleu ! tant mieux !.. c'est la preuve que je ne le lui fais pas sentir.... Il serait beau vraiment qu'un maître de danse oubliât sa générosité naturelle pour reprocher à une orpheline ; une jeunesse de vingt-cinq ans... ah ! Rose, tu méconnais le cœur de ton maître !

ROSE.

Oh ! je sais bien que vous trouvez toujours moyen de l'excuser... Adieu, monsieur, je m'en vais faire mes provisions pour notre bal champêtre de ce soir.

RIGOLARD.

A propos de notre bal champêtre ! n'oublie pas de mettre un quinquet au quatrième étage ; il y a de quoi se casser les jambes, et ça dérangerait mes écoliers.

ROSE.

Soyez en repos, j'ai songé à tout.

RIGOLARD.

C'est bien, Rose ! va, va, ma bonne fille, et ne te presse pas trop, surtout fais en sorte que les échaudés soient plus tendres que la dernière fois : il en tomba un par terre, et je fis deux entrechats dessus sans pouvoir parvenir à l'écraser.

ROSE.

Qu'est-ce que ça prouve ?

RIGOLARD.

Ça prouve qu'il était dur!

ROSE.

Du tout.. ça prouve que vous êtes léger.

RIGOLARD.

Méchante... c'est possible, Rose! c'est très-possible... j'ai encore toute mon élasticité, ma fille; regarde plutôt... une, deux.. enlevé. (*Il saute et tombe lourdement.*) Un vrai zéphir, quoi! va, Rose, va, et surtout ne marche pas trop vite, entends-tu, car le pavé est mauvais.. il fait glissant en diable.. moi-même, c'est tout au plus si je peux garder mon aplomb; pourtant j'en ai diablement. (*Rose va pour sortir.*) Rose! Rose!

ROSE, *s'arrêtant.*

Monsieur.

RIGOLARD.

Les pieds en dehors, je t'en supplie.

ROSE.

C'est bon! c'est bon!.. chacun a sa manière de marcher.

(Elle sort.)

SCÈNE VI.

RIGOLARD, *seul.*

La voilà partie! J'espère qu'elle ne rentrera pas de sitôt, et que j'aurai le temps d'exécuter mon projet. Je ne sais pourquoi, mais mon pauvre cœur fait en ce moment un *balancé* qui lui était inconnu.. Il faut pourtant en finir, le moment de *chasser les huit* est arrivé... Allons, voyons, un peu d'assurance! (*Il appelle.*) Constance! Constance!

SCÈNE VII.

RIGOLARD, CONSTANCE.

RIGOLARD.

Te voilà, mon enfant. (*Il l'embrasse.* — *A part.*) Tous les matins je la trouve encore plus jolie. (*Haut.*) Je crois avoir entendu Rose te gronder tout-à-l'heure.

CONSTANCE.

Elle avait raison, Rose!... ma toilette a été un peu plus longue qu'à l'ordinaire... C'est aujourd'hui dimanche, et je n'ai pu l'aider dans les occupations du matin.

RIGOLARD, *à part.*

Charmant petit caractère! (*Haut.*) C'est pourtant à mes

leçons, Constance, que tu dois en grande partie toutes tes perfections.

CONSTANCE.

Oh! oui... c'est à votre générosité que je dois tout.

RIGOLARD.

Veux-tu bien ne point parler de cela... Tu étais la fille d'un ancien confrère qui t'a laissée, en mourant, sans appui, sans fortune; en te prenant chez moi, je n'ai fait que remplir un devoir sacré.

CONSTANCE.

Vous avez eu pour moi toute la tendresse d'un père.

RIGOLARD.

D'un père!.. Ecoute donc, Constance, c'est un peu vieux, un père.... le temps n'a pas encore appesanti sa main de plomb sur mes jarrets; si je ne bats plus facilement un huit comme autrefois, je ne suis pas tout-à-fait réduit aux *terre-à-terre*.

CONSTANCE.

Je ne dis pas cela.

RIGOLARD.

Et puis, réfléchis donc, moi, père d'un enfant de vingt-cinq ans, d'un enfant en âge d'être marié! car il faudra bientôt songer sérieusement au mariage.

CONSTANCE.

Je suis trop bien auprès de vous pour y penser maintenant.

RIGOLARD.

Cependant j'aurais bien du plaisir à te voir à la tête d'un bon établissement, d'une école de danse, par exemple.

CONSTANCE.

Oh! non, pas d'une école de danse, j'aimerais mieux être dans un comptoir.

RIGOLARD.

Dans un comptoir! pourquoi cela?

CONSTANCE.

C'est que M. Gustave est marchand.

RIGOLARD.

Gustave!... quel est donc ce monsieur Gustave?

CONSTANCE.

Un de vos meilleurs élèves au cachet.

RIGOLARD.

Ah! ah! oui, j'y suis! Gustave Ducroisé, le premier commis de la Fille mal gardée...ce superbe magasin de la rue de la Monnaie ?.. Eh bien! est-ce qu'il voudrait te conter fleurette, ce petit monsieur!... Constance, crois-en mon expérience... ce n'est pas ce qui te convient, du tout, du tout...

il te faudrait un homme comme moi... et, pour te dire franchement la vérité ... je crois que tu ne pourrais pas mieux choisir... que Cyprien Rigolard.

CONSTANCE

Vous?

RIGOLARD.

Moi !... regarde cette tournure, mon enfant... les hommes de ma trempe sont rares... Je ne te parle pas de mon talent ; la modestie !... d'ailleurs, tu le sais, j'en ai beaucoup... — De plus je suis un homme exellent... Si tu as de la raison et pas d'inclination... une, deux.... te voilà madame Rigolard... Qu'en dis-tu, Constance?

CONSTANCE.

Monsieur Rigolard... cette proposition me flatte, mais...

RIGOLARD.

Mais, voyons... explique-toi.

AIR *de la Vieille.*

Pourquoi donc garder le silence ?
Il faut tout dire franchement ;
Parle donc, ma chère Constance.

CONSTANCE.

Je vous aime bien tendrement,
Mais une pareille alliance
Doit m'effrayer.

RIGOLARD.

Dis, mon enfant,
Que me trouves-tu d'effrayant ?
J'ai cinquante ans, je le confesse ;
Mais, vois, Constance, ma souplesse ;
(Il danse.)
Vois mon aplomb, vois ma prestesse ;
Je puis dire ma gentillesse.
Tous mes hivers doivent être oubliés,
Car le printemps est encor dans mes pieds.

(Il fait un entrechat, et tombe aux pieds de Constance.)

CONSTANCE.

Que faites-vous?

RIGOLARD.

Constance, je suis Zéphir aux genoux de Flore...

SCÈNE VIII.

LES MÊMES, GUSTAVE ; *il a un claque à la mode.*

GUSTAVE.

Fort bien... monsieur Rigolard.

CONSTANCE, *avec un cri.*

Ah ! (Elle se sauve.)

SCÈNE IX.

RIGOLARD, *toujours à genoux*, GUSTAVE.

GUSTAVE.

C'est délicieux! je vous surprends aux genoux d'une belle... comme dans *une Heure de mariage*.

RIGOLARD, *à genoux*.

Qu'est-ce que c'est, monsieur, qu'est-ce que c'est?... et pourquoi m'interrompez-vous dans mes leçons, s'il vous plaît?

GUSTAVE.

Singulière leçon, ma parole d'honneur! Le maître aux genoux de son élève!

RIGOLARD, *se levant*.

Aux genoux de mon élève... c'est faux... C'est un pas nouveau que je lui montrais.

GUSTAVE.

N'allez-vous pas me faire croire que l'on danse sur les genoux à présent?

RIGOLARD.

Oui, monsieur, on danse sur les genoux; c'est un pas de cour, que vous ne connaissez pas... Du reste, mon cher ami, je n'ai pas de compte à vous rendre... J'ai bien l'honneur de vous saluer.

(Il sort faisant un pas de deux.)

SCÈNE X.

GUSTAVE, *seul*.

Il est clair que monsieur Rigolard est amoureux de sa pupille... comme Cassandre dans *le Tableau parlant*. Mais croirait-t-il l'emporter sur moi par hasard?.. Il est bien capable d'en avoir la prétention. Heureusement, j'ai fait hier ma déclaration dans une lettre que j'ai remise à Constance.... et je viens chercher la réponse... Je suis bien sûr qu'elle sera favorable... J'ai ébloui la petite par mon genre... un fashionable dans une école de danse de la rue Saint-Martin, ça devait faire sensation... et je ris en voyant toutes ces petites ouvrières me regarder avec de grands yeux... Il n'y a pas jusqu'à la nièce du maître de danse, mademoiselle Adélaïde Chopin, qui ne me regarde avec un air... parole d'honneur!

Il faudra que je l'aime un peu, dès que j'aurai fini d'aimer la petite Constance... Si je n'y prenais garde pourtant, cette petite fille-là me ferait tourner sérieusement la tête... Mais je serais perdu de réputation ; l'un des premiers commis de la *Fille mal gardée*, avoir une passion rue Saint-Martin, au sixième étage!.. Il nous faut des amours plus relevés. Il n'est guère possible d'en trouver de plus élevés par exemple... Mais, n'oublions pas que, pour l'avertir de mon arrivée, nous sommes convenus d'un petit coup frappé dans la main... près de cette porte... comme dans *les Rendez-vous bourgeois*. Qu'est-ce donc?.. A ce rire insatiable, je reconnais Adélaïde.

(*On rit dehors.*)

SCÈNE XI.

GUSTAVE, ADÉLAIDE.

ADÉLAÏDE, *riant aux éclats.*

Ah! ah! ah!... que c'est drôle... que c'est drôle!..

GUSTAVE.

Encore quelque malice de votre façon, estimable Adélaïde.

ADÉLAÏDE.

Des malices... on n'connait qu'ça dans la rue aux Ours... Ah! ah! ah! j'en ris encore quand j'y pense.

GUSTAVE.

Et peut-on savoir?

ADÉLAÏDE.

Oh! il n'y a pas de mystère... figurez-vous un petit courtaud de boutique qui me fait la cour... une espèce d'imbécille qui veut m'épouser.... monsieur Étienne enfin..... puisqu'il faut l'appeler par son nom... Il est venu me chercher dans notre estaminet, pour me conduire au bal... avec la permission de ma mère... Et, comme il commençait à pleuvoir, il offre de me payer un omnibus. — Pourquoi pas un fiacre? que je lui dis... Là dessus, il court en chercher un... Il m'y fait placer; il paie d'avance... Et, au moment où il va y monter, moi, qui ne voulais pas aller seule en fiacre avec un jeune homme, parce que...on connaît ça... J'ai oublié mon mouchoir, que je lui dis. Il rentre dans le fond du café pour le prendre...Et, moi, je dis au cocher : Fouettez, cocher, rue Saint-Martin, n° 158.... et v'lan nous voilà partis... mais si vite, que monsieur Étienne aura cru que les chevaux du fiacre avaient pris le mors aux dents... Je le connais; il est assez bête pour ça.

GUSTAVE.

Et, sans doute, espiègle Adélaïde, vous ne partagez pas l'amour du garçon épicier?

ADÉLAÏDE.

Ah! bien oui, l'amour! jolie bêtise, ma foi! J'en ai assez comme ça du sentiment.

AIR : *De la Cariole.*

Naguère mon cœur confiant
Ecoutait parfois la fleurette;
Et, j' l'avoûrai, plus d'un amant
Me trouva crédule ou coquette.
Mais, ma foi, depuis l'an passé,
Lorsqu'un soupirant empressé
Vient me dire : Vive l'amour!
Moi je lui réponds à mon tour :
Vive le mariage!
C'est le refrain d'une fille sage.
Vive le mariage!
Sans c' nœud charmant
Point de vrai sentiment.

GUSTAVE.

Même air.

Je dois vous en faire l'aveu,
Depuis long-temps, mademoiselle,
Près de vous mon cœur est de feu,
Je vous trouve toujours plus belle.
Je sens là ...

ADÉLAÏDE.

Je ne vous crois pas.
Près de moi vous perdez vos pas.

GUSTAVE.

Pourtant je voudrais avec vous
Répéter ce refrain si doux.

ENSEMBLE.

Vive le mariage! etc.

(Après ce chant, Gustave veut embrasser Adélaïde, qui lui donne un soufflet résonnant.)

ADÉLAÏDE.

Dites donc... prenez toujours ça... je vous donnerai le reste plus tard.

(Elle se sauve.)

GUSTAVE, *la main sur sa joue.*

Merci!.. c'est un ange, en vérité.

SCÈNE XII.

GUSTAVE, CONSTANCE, *ouvrant la petite porte.*

CONSTANCE.

J'ai entendu le signal de monsieur Gustave... un petit coup frappé dans la main... Oui, c'est bien lui.

GUSTAVE.

Ah! c'est vous, adorable Constance; je vous attendais avec l'impatience la plus vive. (*A part.*) Ma lettre a produit son effet... je vois cela....

CONSTANCE.

Monsieur Rigolard est occupé des apprêts de son bal... nous pouvons causer un instant.

GUSTAVE, *avec fatuité.*

Eh bien! que dites-vous de mon épître en chanson?

CONSTANCE.

Je ne ne l'ai pas lue, monsieur Gustave.... je ne dois pas la lire.

GUSTAVE.

Comment, vous n'avez pas lu mes couplets? Vous vous jouez donc de mes tourmens... de ma passion?.. En vain j'abandonne toutes les beautés de la Chaussée-d'Antin, qui raffollent de moi... pour venir me perdre dans la foule plébéïenne des écoliers de monsieur Rigolard! Vous ne me savez gré d'aucun sacrifice.

CONSTANCE.

Monsieur!...

GUSTAVE.

Si vous croyez qu'ils sont amusans, les bals champêtres de monsieur Rigolard!

Air *des Comédiens.*

Dans ce salon, que de caricatures!
On voit ici, bondir comme un troupeau,
Vingt élégans dont les tristes figures
Ont de Monnier exercé le pinceau...
Là, j'aperçois la modiste agaçante,
Le front penché sous un bouquet touffu,
Son manteau noir ou son châle amarante
Cachent à peine un jupon décousu...
Cet air musqué, ce geste dramatique,
Me font connaître un coiffeur en renom,
Et je distingue un commis de boutique
A son foulard moitié soie et coton.

Voyez plus loin la timide lingère
Baissant les yeux d'un air sentimental,
Près de l'amant dont le cœur débonnaire
Lui fit présent du costume de bal.
Le parfumeur, aussi fier qu'un chimiste,
Sur les mouchoirs épuise son flacon.
Et le tailleur, qui se croit un artiste,
Fait circuler la pastille au citron.
Un vieux rentier, que le malheur lutine,
Perd, en grondant, six liards à l'écarté,
Quand sa moitié, dans la salle voisine,
Près d'un galant minaude en liberté.
Trois amateurs, bourreaux de la musique,
De leurs accords m'écorchent le tympan,
Et la maman, malgré sa jambe étique,
Vis-à-vis moi danse clopin clopan.
Dans votre bal que de caricatures, etc.

CONSTANCE.

Si monsieur Rigolard vous entendait parler ainsi de son bal...

GUSTAVE.

Aurait-il la prétention... de le croire bien composé?... Cinq sous le billet d'entrée...

CONSTANCE.

Pourquoi donc y venez-vous, monsieur?

GUSTAVE.

Vous me le demandez, Constance... vous savez trop bien que je n'y viens que pour vous.... je suis comme l'amoureux de *Maison à vendre*....

« Toujours courant après ma belle,
« Ainsi qu'un jeune troubadour! »

Vous savez que j'aime l'opéra-comique, de passion... je suis un vrai *dilettanto* pour la musique française...

CONSTANCE.

Oui, je sais que vous êtes fait pour la romance!... mais, enfin, quelles sont vos intentions à mon égard?...

GUSTAVE.

Lisez mon Epître.

CONSTANCE

Mais ne pouvez-vous me dire vous-même?

GUSTAVE.

Non, je ne le peux pas... je ne me suis pas préparé... Et puis, moi, en fait d'amour, je n'ai d'esprit que la plume à la main, à tête reposée... Lisez mon Epître.

CONSTANCE.

C'est impossible.... mon devoir me le défend.

GUSTAVE.

Et si je vous en priais, Constance... là... à vos genoux!... (*Il s'y met.*) Si je vous disais....

SCÈNE XIII.

LES MÊMES, RIGOLARD.

RIGOLARD.

Eh bien! ne vous gênez pas!...

CONSTANCE.

Ah mon Dieu!..

(Elle se sauve.)

SCÈNE XIV.

GUSTAVE, RIGOLARD.

RIGOLARD.

Me direz-vous, monsieur... ce que vous faites-là?

GUSTAVE, *à genoux.*

Eh!... parbleu!.... vous le voyez bien, monsieur... je fais répéter à mademoiselle Constance cette danse en question....

RIGOLARD.

Une danse à genoux!...

GUSTAVE.

Une danse de cour... vous savez bien.

RIGOLARD.

Monsieur, monsieur, vous vous moquez de moi.

GUSTAVE.

Pas précisément, monsieur!

RIGOLARD.

Je vous ordonne de sortir, monsieur...

GUSTAVE.

Du tout... je suis dans un endroit public, un bal champêtre.... et, pour mes soixante-quinze centimes, j'ai le droit d'y rester.

RIGOLARD.

Le droit de rester chez moi... malgré moi!... C'est ce que nous verrons, monsieur... Je cours de ce pas chez le commissaire, et quand il saura que je vous ai surpris aux genoux de ma pupille... Il est moral monsieur le commissaire... excessivement moral... et je suis là.... (*Bruit au dehors.*) Mais voilà la société qui arrive, je ne puis m'absenter... C'est égal, monsieur, j'aurai les yeux sur vous... et au premier pas douteux... je requiers la force armée!...

SCÈNE XV.

LES MÊMES, CONSTANCE, ADÉLAIDE, DANSEURS (*beaucoup ont des parapluies*); *puis* ÉTIENNE, *tout mouillé.*

CHOEUR.

AIR: *Livrons-nous à la danse.*

Le plaisir nous rallie
Sous ses joyeux drapeaux;
Que sur nous la Folie
Agite ses grelots.

ADÉLAÏDE

Amans sans espérance,
Venez dans ce séjour:
Vous verrez que la danse
Est mère de l'amour!
Le plaisir nous rallie, etc.

(Ils disparaissent par la porte du fond.)

ÉTIENNE, *tout mouillé.*

Ah! vous voilà, mamzelle Adélaïde! que je suis bien aise de vous voir!.. Ces maudits chevaux d'fiacre, qui se sont emportés... je n'aurais jamais cru ça de leur part...

ADÉLAÏDE.

J'étais sûre qu'il le croirait... Est-il bon enfant, celui-là!..

ÉTIENNE.

C'est égal...puisque je vous vois arrivée sans accident... je ne me souviens plus que je suis venu à pied et qu'il pleut à verse... Les *Omnibus* étaient pleines et les *Favorites* aussi... aussi, je suis trempé... mais trempé....

(Il fait sortir de l'eau des pans de son habit.)

ADÉLAÏDE.

Ne m'approchez pas.

ÉTIENNE.

Je voudrais pourtant bien danser la première contredanse avec vous.

ADÉLAÏDE.

Du tout... quand vous serez *sèche*... vous m'abîmeriez.

ÉTIENNE.

C'est juste!... alors je vais rester près du poële... Vous m'avertirez quand je ne serai plus mouillé.

GUSTAVE.

Le nigaud!...

RIGOLARD, *montant sur une table.*

Un moment de silence!... mes enfans!... (*Aux danseurs qui sont groupés autour de la table.*) Messieurs et mesdames!.. chaque année, à pareille époque, nous ouvrons notre bal;

chaque année j'ai la satisfaction de présider à vos plaisirs : fasse le ciel durer cette satisfaction le plus long-temps possible... En attendant, mes chers élèves, que toujours l'harmonie règne parmi vous... elle est la base essentielle du vrai bonheur... En parlant d'harmonie, j'ai cette fois ajouté un instrument à notre orchestre, instrument qui jusqu'ici nous avait manqué... la grosse caisse... C'est Rose, ma cuisinière....

ÉTIENNE.

Comment !... c'est Rose qui est la grosse caisse ?

RIGOLARD.

L'autre bête !. C'est Rose, ma cuisinière, qui en jouera.. et si elle manque un peu la mesure, pour la première fois... je vous prie, mes enfans, de vouloir bien avoir pour elle l'indulgence que lui méritent trente ans de services...

TOUS.

Vive monsieur Rigolard !

RIGOLARD, *attendri.*

Et vous aussi, mes bons amis !... vivez !... vivez pour la danse et le plaisir. (*On entend la grosse caisse et un violon dans le fond.*) Voici le moment d'ouvrir le bal.

AIR : *Entendez-vous ?* (de la Fiancée.)

Entendez-vous ces accords enchanteurs ?
Allons, allons... Que notre bal commence ;
Et puissiez-vous, dans chaque contredanse,
De la beauté mériter les faveurs !
(A part.)
Je n'ai plus le cœur à la danse,
J'éprouve un tourment inconnu,
Car si Gustave aime Constance,
Constance l'aime !... Je l'ai vu !

ADÉLAÏDE.

Qu'est-ce que vous avez donc, mon oncle ? vous êtes tout blême.

RIGOLARD.

Qui ? moi !... moi, je n'ai rien... je suis gai... très-gai, et je vais vous donner l'exemple à tous. Allons, Rigolard, mon ami, un pas de caractère, c'est-à-dire un peu de caractère.

(Il danse. On entend l'orchestre, il reprend :)

Entendez-vous ces accords enchanteurs ! etc.

(Tout le monde entre dans la salle de bal. Gustave revient en scène. Etienne reste près du poêle.)

SCÈNE XVI.

GUSTAVE, ÉTIENNE.

GUSTAVE.

Le maître de danse est furieux ! d'honneur... c'est charmant.

ÉTIENNE.

Monsieur Gustave, pourriez-vous me dire... si je suis déjà sèche de ce côté?

GUSTAVE.

Comment, mon brave Etienne, vous vous laissez aussi cruellement mystifier par une grisette.

ÉTIENNE.

Grisette ! apprenez, monsieur, que Mlle Adélaïde Chopin n'est pas une grisette.

GUSTAVE.

Pour vous, c'est possible ; mais pour moi...

ÉTIENNE.

Elle n'est grisette pour personne, entendez-vous, monsieur?

GUSTAVE.

Pauvre garçon! vous ferez bien la meilleure pâte de mari!..

ÉTIENNE.

La meilleure pâte !. Qu'entendez-vous par ce calembourg, grand calicot?

GUSTAVE.

Dites donc, dites donc, vous vous émancipez, je crois, monsieur l'épicier!

ÉTIENNE.

Chevalier de la demi-aune!

GUSTAVE.

Là, là, calmez-vous : ce n'est pas contre moi qu'il faut vous emporter, mais bien contre mademoiselle Adélaïde Chopin, qui se moque de vous.

ÉTIENNE.

Comment elle se moque de moi?..

GUSTAVE.

Ne vous êtes-vous pas aperçu que c'est elle qui n'a pas voulu aller en fiacre avec vous, et que maintenant, c'est pour avoir le plaisir de danser avec un autre qu'elle exige que vous restiez près de ce poêle?

ÉTIENNE.

Si c'était vrai, pourtant!... (*Il ouvre la porte du fond.*) En effet, elle danse avec un des commis de la Vestale. C'est une horreur, et je vais lui dire son fait. Oh! c'est que pour être un Champenois, je suis un vrai loup quelquefois.

GUSTAVE.

Je ne crois pourtant pas qu'en amour vous ayez jamais croqué personne.

ÉTIENNE.

Oh ! non, pas encore, et pourtant, en Champagne, j'étais un des malins les plus délurés, on m'appelait *le petit Lovelace de Vitry-le-Français.*

GUSTAVE.

Parole d'honneur ?

ÉTIENNE.

En vérité.

GUSTAVE.

Ici, mon garçon, ce n'est pas tout-à-fait la même chose.

ÉTIENNE.

Dites moi, monsieur Gustave, qu'est-ce qu'il faut faire ?

GUSTAVE.

Rien de plus facile... on envoie avant tout un billet joliment tourné, dans lequel on explique clairement ses intentions.

ÉTIENNE.

Un billet... un billet écrit ?

GUSTAVE.

Sans doute... C'est de tous les moyens le plus sûr et le plus commode... il me réussit toujours à moi.

ÉTIENNE.

Vraiment ?

GUSTAVE.

Il n'y a pas de femme qui sache résister à la lecture d'un billet doux bien tourné.

ÉTIENNE.

Ah! voilà... Je n'aurai jamais assez d'esprit pour tourner ça comme il faut ; je n'ai jamais écrit que des mémoires d'épicerie, et je suis sûr que si j'écrivais un billet doux, j'y glisserais, sans le vouloir, de la mélasse ou de la castonnade.

GUSTAVE.

Eh bien, mais je puis vous écrire ça, moi...

ÉTIENNE.

Vraiment?

GUSTAVE.

Ne sommes-nous pas de la même classe?..

(Il s'assied.)

ÉTIENNE.

C'est juste!.. élèves du même professeur, à vingt-cinq centimes la leçon.

GUSTAVE, *à part.*

Profitons de cela pour risquer une déclaration en règle à mademoiselle Adélaïde...le duplicata de mon Epître à Constance.

ÉTIENNE.

Ça va-t-il?

GUSTAVE.

M'y voilà.

ÉTIENNE.

AIR: *Que je suis content.* (Baiser au porteur.)

Que j' suis content!... Quell' bonn' malice!
Ah! c'est charmant! oui, c'est charmant!
A mon objet... il faut que j' glisse
Ce billet doux tout doucement.

ENSEMBLE.
Que j' suis content!
Ah! ah! que je suis content!
GUSTAVE.
Qu'il est content.
Ah! ah! qu'il est content!

ÉTIENNE.

Est-ce que vous n'allez pas me dire ce qu'il y a dedans?

GUSTAVE.

Nous n'avons pas le temps... la contredanse va finir!

ÉTIENNE.

C'est juste!...

GUSTAVE.

Tachez de lui glisser ce billet... bien adroitement.

ÉTIENNE.

Laissez-moi faire.

Même air.

En catimini j' m'approch'rai d'elle,
Et j' lui dirai bien prudemment:
Tenez, prenez, mademoiselle,
Ce billet plein de sentiment.

ENSEMBLE.
Que j' suis content!
Ah! ah! que j' suis content!
GUSTAVE.
Comme il est content.
Oui, vraiment il est content!

SCÈNE XVII.

LES MÊMES, RIGOLARD.

RIGOLARD.

Eh ! bien, messieurs...eh ! bien...comment! les dames sont par là... et vous êtes ici... est-ce là le fruit des leçons que je vous ai données... vous, monsieur Etienne... surtout, vous, sur qui je comptais pour me faire honneur !

ÉTIENNE.

Me voilà, monsieur Rigolard, me voilà.

RIGOLARD.

Allons donc ... que diable, mon cher, vous êtes là à vous rôtir les jambes près du poële... Vous n'êtes pas champêtre du tout aujourd'hui.

GUSTAVE.

Pour moi, je préfère rester ici.

RIGOLARD.

Restez où vous voudrez.... cela m'est bien égal, je vous l'assure... j'ai assez d'élèves qui me feront honneur sans vous !... et je vous déclare que je professe pour vos talens la plus complète indifférence !... Arrondissez-moi donc les bras... vous portez votre claque comme vous porteriez une pièce de jaconas... Voyez ceci.

(Il lui arrange son claque sous le bras.)

GUSTAVE.

Comme cela ?

RIGOLARD.

C'est beaucoup mieux..... mais, au surplus, ça m'est bien égal... et je puis vous protester, monsieur, que désormais... (*On entend la musique.*) En place pour la contredanse !...

(Il entre dans le bal, suivi d'Etienne.)

SCÈNE XVIII.

GUSTAVE *seul.*

Le bonhomme est fou, en vérité !... (*La musique continue.*) Voyons si ce pauvre Étienne fait la commission dont je l'ai chargé pour sa maîtresse ! (*Il regarde par le trou de la serrure.*) Bon ! le voilà qui s'approche d'Adélaïde ! Oh ! le maladroit... il lui donne le billet devant tout le monde !...

ah! elle le met dans son sein... Étienne est triomphant, il revient.

ÉTIENNE, *rentrant tout joyeux.*

Dites donc... c'est fait!...

GUSTAVE.

La contredanse finit... ces demoiselles viennent par ici, ne nous montrons pas.

ÉTIENNE.

C'est ça, cachons-nous.

GUSTAVE.

Où?

ÉTIENNE.

Derrière les ifs; dites donc, monsieur Gustave, voilà le moment décisif... *Des six ifs*... Ah! ah! celui-là n'est pas mal, pour un épicier...

GUSTAVE.

Est-ce qu'il est de vous le calembourg?

ÉTIENNE.

Parole d'honneur.

GUSTAVE.

Ah! malin, vous les aviez comptés d'avance.

(Ils se cachent derrière les ifs, et sortent sans bruit aussitôt que Constance et Adélaïde sont entrées. La musique cesse.)

SCÈNE XIX.

CONSTANCE, ADÉLAIDE.

CONSTANCE.

Qu'as-tu donc à rire aussi fort, Adélaïde?

ADÉLAÏDE.

Oh! les hommes! les hommes!... ce sont des monstres!

CONSTANCE.

Dis-tu ça pour Etienne?

ADÉLAÏDE.

Ah! ben, oui, Etienne!..il s'agit joliment de lui!..apprends, ma chère, qu'au moment où tu venais de me confier que monsieur Gustave t'avait écrit, et que je te conseillais de lire sa lettre, parce qu'il faut toujours savoir ce qu'on nous veut... au moment, enfin, où tu étais allée chercher cette lettre pour me la montrer...

CONSTANCE.

La voilà!...

ADÉLAÏDE.

Apprends que M. Etienne s'est approché de moi, et m'a

remis un papier presque devant tout le monde... j'ai cru d'abord que c'était une lettre de lui, et je l'ai décachetée pour rire de sa bêtise... mais juge de mon étonnement, c'est de ton jeune homme, de M. Gustave Ducroisé...

CONSTANCE.

Gustave!

ADÉLAÏDE.

Regarde plutôt... une chanson et sa signature.

CONSTANCE.

Le perfide!

ADÉLAÏDE.

Une chanson... et sur l'air du *Petit Blanc;* un air que je sais, encore... l'attention est délicate... Ecoute!... A la superbe Adélaïde!

CONSTANCE, *lisant la suscription de la sienne.*

A la divine Constance.

ADÉLAÏDE.

AIR: *Petit Blanc.*

Sur vos riantes traces,
En ces lieux, tous les jours,
Je vois voler les Grâces,
Les Ris et les Amours.
Par un doux privilége,
Au gré de vos désirs,
Souffrez qu'à ce cortége
J'amène les Plaisirs.
D'une chaîne éternelle
Unissons-nous à l'instant,
Car vous seule êtes belle,
Et seul je suis constant.

CONSTANCE.

Mais c'est la même chose.

ADÉLAÏDE.

Deuxième couplet!

Le sensible Gustave....

CONSTANCE.

Attends!... je puis te le chanter, car le voici...

ADÉLAÏDE.

Vraiment?

CONSTANCE.

Tu vas voir.

Le sensible Gustave
Veut être votre époux,
Et pour lui point d'entrave,
Car il n'aime que vous.
Par les amours guidée,
Ah! daignez être enfin
La Fille mal gardée
De notre magasin.

ADÉLAÏDE.

C'est bien ça !

ENSEMBLE.

D'une chaîne éternelle, etc.

CONSTANCE.

Et moi... qui l'aimais presque déjà... mais cette perfidie m'éclaire, ma bonne Adélaïde !... et je sais ce qu'il me reste à faire...

ADÉLAÏDE.

Oui, mais, en attendant, on dirait que tu soupires...est-ce que tu le regretterais, par hasard?... je te le conseille... il en vaut joliment la peine !...

CONSTANCE.

Il est si cruel d'être trompée pour la première fois !

ADÉLAÏDE.

Oui... ça n'est pas amusant d'être trompée !... et j'ai passé par là, moi .. souvent, même !... et comme ça me fit du chagrin, quand M. Jean en épousa une autre. Oh! Dieu ! ai-je eu du chagrin ! Mais aussi me préférer une autre femme parce qu'elle avait soixante mille francs de rente... ça n'a pas de nom... j'ai cru que j'en mourrais... heureusement... ça m'a passé de l'idée... et tu dois faire comme moi. Tiens !... si tu veux... nous profiterons de ça pour nous amuser des prétentions de ce merliflor de commis... les hommes, vois-tu, Constance, sont faits pour qu'on s'amuse d'eux, parce qu'ils ne se gênent pas avec nous... veux-tu rire aux dépens de celui-là ?

CONSTANCE.

Oui... oui! je le veux bien... j'en aurai le courage... tiens ! je sens que je ne l'aime plus...

ADÉLAÏDE.

A la bonne heure ! voilà qui s'appelle prendre son parti... Justement... le voici !... cachons ses lettres... et laissons-le aller... ça doit être drôle !...

SCENE XX.

LES MÊMES, GUSTAVE.

GUSTAVE.

Eh ! quoi, mes belles demoiselles !... vous faites faux-bond à la contredanse ?... les Ris, les Jeux ... les Amours... et les Zéphirs, dans la personne de M. Rigolard, s'impatientent de ne pas vous voir... Mais, que se passe-t-il donc... aimables nymphes de ce bal champêtre ?... vous avez l'air tout je ne sais comment...

ADÉLAÏDE.

C'est que... nous venons de nous disputer, Constance... et moi.

GUSTAVE.

Comment, vous, bonne Constance, dont le caractère céleste... et vous, Adélaïde, un ange de douceur...

(Il a la main sur sa joue.)

ADÉLAÏDE.

Je suis douce... c'est vrai... mais je n'aime pas qu'on ait un air... et Constance a celui de me dire que je suis plus jolie qu'elle... moi, je n' veux pas d' ça... parce qu'elle semble se moquer de moi... et je soutiens que c'est elle qui est la plus jolie.

CONSTANCE.

Moi, je soutiens que c'est Adélaide, j'en prends M. Gustave pour juge, il est connaisseur, M. Gustave. (*)

ADÉLAÏDE.

Laisse donc!... si monsieur s'y connaît... il dira que c'est toi... regardez-la un peu... et convenez que si vous aviez une déclaration à faire, ce serait plutôt à Constance qu'à moi.

CONSTANCE.

Ah ! monsieur a trop bon goût!...

GUSTAVE, *à part.*

Par exemple !.. voilà une singulière dispute... je parierais .... trente sous qu'elles plaident le faux pour savoir le vrai...

ADÉLAÏDE, *à part.*

Il me fait l'effet d'être joliment embarrassé... le commis marchand, il nous mesure des yeux.

TRIO.

AIR *de Joconde.* (2e acte.)

Je voudrais bien vous dire quelque chose.

GUSTAVE.

Excusez-moi, mesdames, je vous prie.

CONSTANCE ET ADÉLAÏDE.

Quelle est, quelle est la plus jolie ?
Allons, monsieur, expliquez-vous.

GUSTAVE.

Quoi! vous voulez, quelle folie !
Que je nomme la plus jolie ?

CONSTANCE ET ADÉLAÏDE.

Il faut prononcer entre nous.

(*) A chaque interpellation de Constance et d'Adélaide, Gustave (Derval), répond par des oh ! oh !.. ah ! ah !.. qui font à la scène un effet très comique.

GUSTAVE.

Excusez-moi, je vous en prie...
(*A part.*)
Chacune veut un jugement;
Pour moi, la ruse est assez claire:
Si je disais, en ce moment, (*bis.*)
Quelle est celle que je préfère,
L'autre serait trop en courroux.

CONSTANCE ET ADÉLAÏDE.

Allons, monsieur, expliquez-vous!

GUSTAVE, *à Constance.*

Je vous dirai ce que je pense...
Venez, avant la contredanse,
Ici m'apporter en secret
Une réponse à mon billet.

ENSEMBLE.

CONSTANCE.

J'en donne l'assurance.

ADÉLAÏDE, *à part.*

Le fat! quelle impudence!

(*A Gustave.*)
Eh quoi! monsieur se tait?

GUSTAVE, *à Adélaïde.*

Je romprai le silence
Après la contredanse.
Venez m'apporter en secret
Une réponse à mon billet.

ADÉLAÏDE.

J'en donne l'assurance.

GUSTAVE, *à Adélaïde.*

Après la contredanse...
(*A Constance.*)
Avant la contredanse.
(*A part.*)
Pour moi quel doux espoir!
(*A Constance.*)
Au revoir...

CONSTANCE.

Au revoir.

GUSTAVE, *à Adélaïde.*

Au revoir...

ADÉLAÏDE.

Au revoir.

ENSEMBLE.

GUSTAVE.

Ah! je suis adoré!
Bonheur, bonheur suprême!
Et bientôt, ici même,
Oui, je triompherai!

CONSTANCE ET ADÉLAÏDE.

Il se croit adoré,
Et sa joie est extrême;
Mais bientôt, ici même,
Ah! comme je rirai!

SCENE XXI.

LES MÊMES, RIGOLARD.

(La porte du fond reste entr'ouverte, et Rigolard, tenant toujours son violon, s'interrompt de temps en temps pour commander les figures.)

RIGOLARD.

Eh bien! eh bien! mesdemoiselles, ne vous lasserez-vous pas de me faire faire la promenade pour courir après vous? (*A part.*) Toujours avec lui!.. Ah! pauvre Rigolard, fallait-il venir jusqu'à ton âge pour savoir ce que c'est que ... (Il crie.) *La chaîne des dames!*

ADÉLAÏDE.

Mon oncle, nous avons quelque chose à vous dire, Constance et moi...

RIGOLARD.

C'est bon, c'est bon... vous me conterez ça plus tard, par là, où vous devriez être plutôt que de prêter l'oreille aux propos d'un pastoureau... (*La pastourelle!...*) Oui, je le répète, d'un pastoureau... savez-vous ce qu'une demoiselle bien élevée doit répondre à ces fadaises?... (*Chassez les huit...*) Allons, mesdemoiselles, en place pour la suivante.

(Adélaïde et Constance rentrent dans la salle du bal.)

Il paraît que monsieur ne danse pas aujourd'hui?

GUSTAVE.

Non, j'aime mieux me promener dans vos bosquets...

RIGOLARD.

Vous en êtes bien le maître...

(Il sort.)

SCENE XXII.

GUSTAVE, *seul*

Enfin le bon homme est parti... Allons, allons, voilà une petite intrigue qui me fera le plus grand honneur... deux ingénues à la fois... comme on va causer de cela à la *Fille mal Gardée*! En faisant insérer cette petite aventure dans un journal, c'est capable d'achalander plus que jamais notre magasin... déjà cité pour la beauté de ses commis, et de ses mérinos!...

AIR : *Soldats français, né d'obscurs laboureurs.*

Commis obscurs du quartier Saint-Denis,
Je vous enlève vos conquêtes.
Quoiqu'en ces lieux, comme dans mon Paris,

On ne trouve point de coquettes,
J'y viens goûter de doux instans,
Sans crainte de trouble et de rixe.
Ici, les cœurs sont innocens,
Et là-bas nos commis marchands
N'ont que des amours à prix fixe.

Mais Constance, va venir... ce quinquet ne jette plus qu'une pâle clarté... me voilà, juste dans la position du loup, dans le *Petit Chaperon rouge.*

AIR :

Voici l'heure charmante
Où Rose va venir,
Et cette douce attente
Est déjà le plaisir.

Rose ! Rose ! Rose !

SCÈNE XXIII.

GUSTAVE, ROSE.

ROSE, *avec la grosse caisse et un plateau, sur lequel est un verre de bierre.*

Me voici, monsieur.

GUSTAVE.

Qu'est-ce que tu demandes, toi ?

ROSE.

Vous m'avez appelée.

GUSTAVE.

Moi !

ROSE.

Sans doute... n'avez-vous pas dit : Rose !... Rose !...

GUSTAVE.

Eh! va t'en au diable !

(On entend rire aux éclats.)

SCENE XXIV.

GUSTAVE, ÉTIENNE, RIGOLARD, CONSTANCE, ADELAIDE, ROSE, DANSEURS.

CHŒUR, saluant Gustave.

AIR *de Léocadie.*

Honneur, honneur
Au fameux séducteur !
Par sa grâce, par sa tournure,
Par son ton et par sa figure,
Il méritait d'être vainqueur !

GUSTAVE.

Que signifie ?

RIGOLARD, *prenant le verre de bierre sur le plateau de Rose.*

Avalez-moi ça... mon cher ami. Vous devez avoir diablement besoin de vous rafraîchir!

GUSTAVE.

Il est vrai qu'il fa it ici une chaleur.

ÉTIENNE.

Ça vous a-t-il tempéré un peu, monsieur?

(Tout le monde rit aux éclats.)

GUSTAVE.

J'ignore, monsieur Rigolard !

RIGOLARD.

Là, là, modérez vous... en vérité, mon cher ami, j'étais inquiet sur votre compte... la lettre que vous avez écrite à Constance... est si brûlante, que j'ai craint.. A présent, me voilà plus tranquille !...

GUSTAVE.

Monsieur Rigolard! prétendez-vous me mystifier!

RIGOLARD.

Du tout, mon cher ami, j'approuve votre demande, et si Constance veut vous épouser, je n'y vois pas d'empêchement.

CONSTANCE.

Oui... mais j'en vois, moi...

AIR : *De Douvres.*

D'abord j'ai cru monsieur sincère,
Et l'écoutai sans y songer;
Mais le trait d'aujourd'hui m'éclaire;
Il me fait voir tout le danger.
(*A Gustave.*)
Votre inconstance est redoutable.
Un époux,
Jeune comme vous,
Est trop aimable...
(*Montrant Rigolard.*)
Et vous voyez ici
Celui que je prends pour mari.

GUSTAVE.

Monsieur Rigolard! vous aurez là un fameux danseur!

RIGOLARD.

Je n'irai pas vous chercher pour cela, peut-être bien.

GUSTAVE.

Je vois que je n'ai plus rien à faire ici.

(Il reprend ses socques.)

RIGOLARD.

Un moment... un moment! votre lettre à la divine Constance n'a pas réussi; celle que vous adressiez à la superbe Adélaïde sera peut-être plus heureuse. Il arrive tous les jours, dans un bal, qu'une danseuse est retenue; on en invite une autre, et on ne s'en va pas pour ça... qu'en dis-tu, Adélaïde?

Même air.

Je n'aim' pas les amans volages,
Et monsieur, à ce que je voi,
Va partout offrant son hommage;
Je prétends qu'on n'aime que moi.
Je veux un mari franc, honnête;
Qui soit complaisant,
Bon enfant,
Même un peu bête..,
(*montrant Etienne.*)
Et vous voyez ici
Celui que je prends pour mari.

GUSTAVE.

Je suis joué...

RIGOLARD.

A présent, monsieur... si vous voulez... allons, Rose, dis à l'orchestre de jouer un chassez-croisé, pour que monsieur s'en aille en musique...

GUSTAVE.

Je vous souhaite beaucoup de plaisir; mais j'ai bien peur que M. Rigaudon ne vous en donne pas pour votre argent.... soixante-quinze centimes le cachet!... adieu M. Rigaudon.

RIGOLARD.

Insolent! si j'étais maître d'armes, au lieu d'être, maître de danse...

CHOEUR, reconduisant Gustave.

Honneur, honneur
Au fameux séducteur!
Par sa grâce, par sa tournure,
Par son ton et par sa figure,
Il méritait d'être vainqueur!

(Gustave sort.)

RIGOLARD.

Que cela vous serve de leçon, mes enfaus!... mes chers élèves!.. reprenons notre bal champêtre, et qu'il soit, par sa gaîté, comme l'augure du bonheur qui attend les nouveaux mariés... en place pour une ronde générale.

(On danse sur la ronde qui suit.)

RONDE, très-bruyante.

AIR : *Flic, flac.*

RIGOLARD.

Flic, flac, etc.

ÉTIENNE.

Lorsque sa femme, en démence,
Ne fait pas ce qu'elle doit,
Vite, on lui donne une danse,
Pour la faire marcher droit.

CHOEUR, *dansant.*

Flic, flac!...

ADÉLAÏDE.

Au bal, on a d' la décence ;
Mais s'il arriv', par malheur,
Qu' son mari n'aim' pas la danse,
On prend un autre danseur.

CHOEUR, *dansant.*

Flic, flac, etc.

RIGOLARD.

Chez les ministres on danse,
Et, l'on doit en convenir,
Voir sauter une excellence,
Cela fait toujours plaisir...

CHŒUR.

Flic, flic, (*bis.*)
Vive la cadence !
Depuis le Pérou,
Jusqu'à Moscou,
Partout on danse...
Flic, flac !
Vive la cadence,
Le monde est un bal
Où chacun danse bien ou mal.

(Danse générale en rond : Rigolard est au milieu, ainsi que Rose, qui joue de sa grosse caisse. La toile baisse sur ce tableau.)

FIN.

www.ingramcontent.com/pod-product-compliance
Ingram Content Group UK Ltd.
Pitfield, Milton Keynes, MK11 3LW, UK
UKHW020426220726
13923UKWH00005B/2126

9 782019 265847